Este libro pertenece a:

_____

Para Laurence y Vincent. –C. C.

Para Marcelle y Charles. –A. D.

Puede consultar nuestro catálogo en www.edicionesobelisco.com / www.picarona.net

TORTUGA SIEMPRE LLEGA TARDE
Texto: *Céline Claire*
Ilustraciones: *Aurore Damant*

1.ª edición: junio de 2016

Título original: *Tortue est toujours en retard*

Traducción: *Joana Delgado*
Maquetación: *Montse Martín*
Corrección: *Sara Moreno*

© 2013, Éditions Chocolat ! Jeunesse
(Reservados todos los derechos)
www.chocolat-jeunesse.com
© 2016, Ediciones Obelisco, S. L.
(Reservados los derechos para la lengua española)

Edita: Picarona, sello infantil de Ediciones Obelisco, S. L.
Pere IV, 78 (Edif. Pedro IV) 3.ª planta 5.ª puerta
08005 Barcelona - España
Tel. 93 309 85 25 - Fax 93 309 85 23
E-mail: picarona@picarona.net

ISBN: 978-84-16648-46-7
Depósito Legal: B-8.763-2016

Printed in Spain

Impreso en España por ANMAN, Gràfiques del Vallès, S. L.
C/. Llobateres, 16-18, Tallers 7 - Nau 10. Polígono Industrial Santiga.
08210 - Barberà del Vallès (Barcelona)

Tortuga
siempre llega tarde

Texto:
Céline CLAIRE

Ilustraciones:
Aurore DAMANT

Qué difícil es para Tortuga
no llegar tarde…

Marmota acaba de encontrar una mariquita y grita:
—¡Daos prisa o se irá volando!
Todo el mundo se da prisa…
Tortuga también, pero llega demasiado tarde.

El día
de la gran carrera de verano, Comadreja dice:
—A vuestras marcas: ¡preparados, listos, ya!

Todo el mundo se da prisa…
Tortuga también, pero llega demasiado tarde.

Y cuando el ogro promete regalar una piruleta
a quien encuentre su araña, que había desaparecido…

Todo el mundo se da prisa…

Tortuga también, pero apenas empieza a buscar,
alguien ha encontrado ya a la araña.

—¡Pobre Tortuga!
–le dicen sus amigos–.
¡Vamos a intentar ayudarte!

Marmota le presta sus zapatillas…,
pero eso no le funciona.

Comadreja la mete en su carrito,
pero la cuerda se rompe.

El ogro manda a Tortuga con su araña para que se entrene,
pero la cosa ha terminado mal.

Entonces, Tortuga empieza a llorar:
—¡Estoy ya cansada! ¡Siempre llego tarde!

De repente, se oye en el bosque una voz que anuncia:
«¡Gran reparto de algodón de azúcar!».

Todo el mundo se da prisa…
Tortuga también…

Pero llega demasiado tarde y…
—¡Raro, raro, raro…! ¿Dónde están mis amigos?

—¡Estamos aquí, Tortuga! ¡Zorro nos ha tendido una trampa! –dice Marmota.

—¡Date prisa, sálvanos! –dice Comadreja.

¡Oh, pero mira quién
llega, el malvado Zorro!

¿Qué hacer? ¿Salvarse?
¡Tortuga sabe que no podrá ir muy lejos!

¡**V**enga, deprisa, deprisa!
Tortuga se esconde en su caparazón y…

¡Bravo, Tortuga!
¡No hay que correr mucho para librarse de Zorro!

Después, Tortuga dice:
—¡Amigos, enseguida
voy a liberaros!

¡Has llegado tarde, Tortuga,
pero eso es lo que nos ha salvado la vida!
Ahora lo único que tenemos que hacer es comer algodón de azúcar.

Pero eso no representa ningún problema.
¡Tortuga sabe hacerlo muy deprisa!